DOMITIEN

TACITE

ET

MIRABEAU

PAR

CLAUDE SIMPLICIEN CONSTITUANTISKY.

> Ut imperium evertant, libertatem
> præferunt; cum everterint, ipsam
> aggrediuntur.   TACITE.

MONTAUBAN,

IMPRIMERIE DE FORESTIÉ NEVEU ET COMP°,

Place de l'Horloge, 56.

—

1851.

DOMITIEN

TACITE ET MIRABEAU.

DOMITIEN

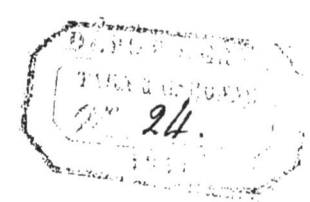

TACITE

ET

MIRABEAU

PAR

CLAUDE SIMPLICIEN CONSTITUANTISKY.

Ut imperium evertant, libertatem
præferunt; cum everterint, ipsam
aggrediuntur.   TACITE.

MONTAUBAN,

IMPRIMERIE DE FORESTIÉ NEVEU ET COMP^e,

Place de l'Horloge, 36.

—

1851.

LES ADIEUX DU CROISÉ.

LES ADIEUX DU CROISÉ.

L'honneur m'appelle et me ravit
A mon amante, à ma patrie ;
A sa voix mon cœur obéit,
A sa voix il se sacrifie.
Je vais, fidèle à mon amour,
Fidèle au serment qui me lie,
Servir jusqu'à mon dernier jour
Mon Dieu, mon prince et mon amie.

Tu pars, tu vas fuir loin de moi !
Souviens-toi de moi, me dit-elle,
Garde-moi ton cœur et ta foi,
Je te serai toujours fidèle.

Si mon espoir n'est pas trompeur,
Je ne crois pas qu'elle m'oublie ;
Bientôt l'éclat de ma valeur
Viendra charmer ma jeune amie.

A l'unique objet de mes vœux
Mon âme, à jamais asservie,
Gardera sous de nouveaux cieux
L'amour dont elle est ennoblie ;
Et pour être digne du sien,
Je vais au sein de la Syrie
Mériter le suprème bien
D'être aimé de ma jeune amie.

J'ai reçu la croix de sa main.
Cette croix auguste et chérie
Qui fut l'ornement de son sein,
Ne me sera jamais ravie.
Si mon destin au champ d'honneur
Termine le cours de ma vie,
Il faut la prendre sur mon cœur
Pour la rendre à ma jeune amie.

LE PEUPLE SOUVERAIN.

LE PEUPLE SOUVERAIN.

Frêle atome, emporté du néant dans la tombe,
Sous la faux de la mort lorsque en moi tout succombe,
Du sein de la poussière, insecte audacieux,
Contre le ciel je dresse un front séditieux.
Enivré de l'éclat de ma grandeur soudaine,
De son antique loi rompant l'auguste chaîne,
Je flattais mon orgueil de l'espoir criminel
De renverser le trône où s'assied l'Éternel :
Vain projet ! Sous le nom de destin, de nature,
Proclamé par Zénon, admis par Épicure,
Dans les feux du soleil, dans l'ombre de la nuit,
J'ai partout retrouvé le Dieu qui me poursuit.

Je dus céder enfin. Ma haute bienveillance
Au Dieu qui me créa conféra l'existence ,
Pourvu que de mes droits le titre prétendu
Fût inscrit en un pacte entre nous convenu.
Scellé de nos serments , ce pacte inaltérable
Fixait de nos pouvoirs la borne irrévocable :
Dieu conservait le droit d'émailler mes vallons ,
De mûrir les épis flottants sur mes sillons ;
Il pouvait même encore , en tout temps , sur ma tête
Faire éclore à son gré le calme ou la tempête ;
De ce globe au hasard dans le vide flottant
Tracer l'orbite autour d'un astre étincelant ;
Ramener près de lui , de flammes entourée ,
La comète cent ans loin de nous égarée ,
Et déployer le ciel sur l'innombrable essaim
Des mondes dans l'espace échappés de sa main !
Que dis-je ! à son pouvoir quelle borne est prescrite ?
De l'espace il franchit l'impuissante limite ;
De cet abîme altier la vaine immensité
S'évanouit aux pieds de sa divinité ,
Et ma frêle raison ne peut même comprendre
Cet excès de grandeur auquel j'osai prétendre.
Du monde , cependant , héréditaire roi ,
Charmé de voir le ciel ne tourner que pour moi ,
Je ne soupçonnai pas qu'une main invisible
Projettait dans les airs mon trône inamovible ,
Et , me chassant du centre au sommet du rayon ,
De mes états restreints limitait l'horizon.

Eh ! que me reste-t-il d'un aussi grand naufrage ?
Dans l'abîme des cieux je n'ai plus en partage
Qu'une vile planète , un globe inaperçu ,
Satellite d'un astre en l'espace perdu.
Sur ce fragile amas de fange et de poussière
J'ai déployé d'un roi l'auguste caractère ;
Les habitants des bois , des airs , du sein des eaux ,
Sont placés sans réserve au rang de mes vassaux.
A mon droit , je le sais , leur audace authentique
Opposa de tout temps des raisons sans réplique.
S'ils pouvaient lire , hélas ! dans le fond de mon cœur ,
Ils viendraient à mes pieds abjurer leur erreur ;
Dépouillant sans regret leur liberté hautaine ,
Bénissant de mes lois l'auguste et douce chaîne ,
Ils me verraient heureux du bien seul que je fais ,
Compter , nouveau Titus , mes jours par mes bienfaits.
Du sang de mes sujets ai-je donc , prince avide ,
Immolé sans pitié la colombe timide ?
Pour prix de leur toison , dans le sein de l'agneau ,
Sous les yeux de sa mère , enfoncé le couteau ?
De son fils , par ma main , pour jamais séparée ,
Voit-on loin de son toit la génisse égarée
Faire éclater , au sein des bois retentissants ,
De sa vaine douleur les longs mugissements ?
Non ! non ! de la pitié dans mon âme attentive
Pénètre et retentit la voix douce et plaintive.
Jouet de tous leurs maux , je sais y compâtir ;
Faible et souffrant comme eux, comme eux je dois mourir.

Un insecte me fait redouter sa morsure :
Mon corps d'un ver impur deviendra la pâture ;
Dans les bornes du monde étouffait mon orgueil :
Il tombe, il est au large en un étroit cercueil.
Voilà de mes grandeurs l'inévitable terme !
Mon nom même avec moi dans la tombe s'enferme :
Son éclat perce en vain la nuit de l'avenir,
Dans son ombre éternelle il doit s'évanouir.
De tous mes attributs le néant qui m'assiége
Engloutit sans pitié le risible cortége.
A quel titre, à quel droit ai-je donc envahi
Ce trône où pour jamais je me crois affermi ?
Le dois-je à ma raison ? Ah ! de ce don funeste
J'ai voilé, j'ai flétri la lumière céleste ;
Des sens moins imparfaits, des sens plus épurés
M'ont-ils du rang suprême applani les degrès ?
Je cherche vainement dans le sein de la nue
Le milan qu'aperçoit la colombe éperdue ;
Et sur les pas d'un cerf, à mon œil échappé,
La rapide vapeur dont mon chien est frappé !
Facultés que du ciel je reçus en partage,
Quel fond puis-je établir sur votre témoignage ?
Ma main avec hauteur contredit et dément
De mon œil abusé l'absurde jugement :
Le calice odorant de la fleur passagère
N'offre plus à mon goût qu'une saveur amère,
Et le son que l'écho prolonge et réfléchit,
Longtemps sur mon oreille à son éclat survit.

Que dis-je ! de l'espace en ce cristal fragile
S'agrandit ou décroît le spectacle mobile.
Tout s'offre à mes regards sous un aspect nouveau ,
Et s'approche ou me fuit dans son double tableau.
De mon œil confondu, vaine et frivole excuse ,
Il charge ce cristal de l'erreur qui m'abuse.
Ils me trompent tous deux, tout m'échappe et me fuit .
Tout sur moi du prestige étend la sombre nuit.
Jamais la vérité dans cette nuit funeste
N'allumera les feux de son flambeau céleste ;
Jamais de son éclat l'infaillible rayon
Ne pourra de mes sens percer l'illusion.
Où me trouver ? que suis-je ? et quelle ombre immuable
Sur mon être a jeté son voile impénétrable ?
A moi-même étranger , à moi-même inconnu ,
De mes tristes grandeurs me vois-je assez déchu !
Mais aux bords du néant où mon âme sommeille ,
Quel sourd frémissement vient frapper mon oreille ?
Il redouble , et sur elle, à grand bruit apporté ,
Éclate et retentit le nom de liberté.
Des champs de Marathon au front des Thermopyles
Tonnaient de cent rhéteurs les foudres puériles ;
De mes droits usurpés, de leur texte perdu
Le titre par leurs soins devait m'être rendu.
Monte au trône, dit l'un : la vertu qui t'enflamme,
De ton pouvoir toujours fut le mobile et l'âme ;
Ceins le bandeau des rois , dit l'autre : sur ton front
Ta raison n'eut jamais besoin d'avoir raison.

De l'encens qu'ils m'offraient, ma vanité charmée
Respirait à longs traits l'orgueilleuse fumée.
Épris du faux éclat tombé de leurs flambeaux,
Enivré du poison de leurs dogmes nouveaux,
Me jugeant sur leur foi digne du rang suprême,
J'ai revêtu la pourpre et ceint le diadème ;
Et quand du trône enfin mis en possession,
Je crois légitimer son usurpation,
De sa funeste erreur trop tard désabusée,
Ma majesté se vit un objet de risée ;
Et pour la dérober au mépris insultant,
Dont l'outrage sur elle éclate à chaque instant,
J'ai dix fois de ma cour, dix fois dans leur village,
D'un congrès de rhéteurs chassé l'aréopage.
Dix chartes s'étayant sur mes frêles serments,
Ont sous elles senti crouler leurs fondements.
En elles tout périt, en elles tout succombe,
Et la nuit de l'oubli couvre à jamais leur tombe.
Sur le trône qu'ils m'ont brusquement imposé,
Par mes vils courtisans sans relâche abusé,
Une secrète voix me fit toujours entendre
Qu'à me faire chérir je ne pouvais prétendre.
Sans projets, sans dessein, je foule avec effroi
Le sentier méconnu qui s'ouvre devant moi.
Tantôt vil soliveau, ma risible clémence
Des filles du marais excite la licence,
Et tantôt dans des flots de larmes et de sang
Reposent les appuis de mon trône inconstant.

Sourd au cri douloureux de son auguste plainte ,
De ma patrie en deuil j'ai dévasté l'enceinte.
De ses fleuves grossis le cours ensanglanté
Profana des deux mers l'abîme épouvanté ;
Les feux que sur Bedouin déploya ma furie
Volent du vendéen embraser la patrie ;
Sur ses biens , sur ses jours par le fer et le feu
Je poursuis tout chrétien qui croirait à son Dieu!
De ces crimes sans fruit , de leur rage insensée ,
L'impur récit s'éteint sur ma langue glacée.
Hélas ! de son destin l'inévitable loi
Rend mon trône un objet de mépris ou d'effroi ;
De leurs fruits saccagés ces campagnes semées ,
Ces fleuves teints de sang , ces villes consumées ,
De toute autre fureur éternels monuments,
Ne sont d'un peuple-roi que les amusements.
De mon sénat pourtant la faveur mercenaire
Vantait de mon humeur la douceur singulière !
Des États fortunés, sous mon joug florissants ,
Sans relâche à mes pieds faisait fumer l'encens ;
Et d'une autorité par ses lois consacrée ,
Prophétisait déjà l'immortelle durée.
Quand du Nil subjugué le vainqueur basané
Frappe aux monts de Fréjus mon regard consterné ,
Au seul bruit de son nom ma fragile puissance
Encourut sa complète et brusque déchéance.
De ma débile main , oppressif et sanglant ,
Le sceptre se détache à la voix d'un enfant ;

Et de mes vains honneurs la mort et le ravage
Marquent seuls le rapide et funeste passage.
De mon rang à ses pieds dépouillant la splendeur,
J'ai du bandeau des rois couronné mon vainqueur ;
Déchu d'une grandeur dont il foule le faîte,
J'ai chanté son triomphe et béni ma défaite.
De mon zèle fervent l'essor impétueux
S'empresse de voler au-devant de ses vœux.
Au pied de cette croix que j'avais profanée,
Tombe de mon orgueil l'audace consternée,
Et ma sanglante main relève avec effroi
Ce trône encor fumant du meurtre de mon roi.

UGOLIN.

UGOLIN.

(DANTE INFERNO , canto XXIII)

Du spectre , objet de sa rage obstinée ,
La tête échappe à sa dent forcenée ,
Et s'essuyant la bouche à ses cheveux ,
J'ai , me dit-il , j'ai pénétré tes vœux ;
Ils aigriront au fond de cet abîme
Ce souvenir du tourment qui m'opprime.
Que sur le traitre , ici frappé du ciel ,
Mon récit verse un opprobre éternel ;
Ma voix , mes pleurs , vont s'échapper ensemble.
Mais qui t'amène , et quel sort nous rassemble ?
Quel est ton nom ? l'oreille qui t'entend
Croit de Florence ouïr un habitant.

Le mien, qu'en vain tu chercherais peut-être,
Fut Ugolin : Roger, celui du traitre
Qui dans la tour, qui se ferma sur moi,
Me fit mourir au mépris de sa foi !
Mais le tourment dont fut environnée
L'horrible mort qu'il m'avait destinée,
Y palliant l'excès de ma fureur,
Pénètrera jusqu'au fond de ton cœur,
Et cette soif d'immortelle vengeance
Te sera faible au prix de son offense.
Par le créneau qui s'ouvrait sur ton sein,
Tour que je fis nommer Tour de la faim,
J'avais pu voir, des nuits pâle courrière,
Plus d'une lune achever sa carrière,
Lorsqu'en un songe, empreint de l'avenir,
Tous mes malheurs se firent pressentir.
Du pied des monts qui cachent Lucque à Pise,
Sur leur sommet je vois avec surprise
Fuir tous mes fils, de fatigue épuisés,
Devant des loups sur leur trace élancés ;
D'un de ces loups, de sa dent sanguinaire
Tombait sur eux la fureur meurtrière.
Je le voyais s'abreuver dans le sang,
En longs ruisseaux échappé de leur flanc.
A mon reveil qui précéde l'aurore,
J'entends mes fils qui sommeillent encore,
Tout bas se plaindre et demander du pain.
Tu peux déjà pénétrer mon destin,

Et si ton cœur n'en est troublé d'avance,
Quelle pitié fléchira sa constance !
De leur repas, le maintien abattu,
Ils attendaient que l'instant fût venu.
Quand repoussant le pain qu'on leur apporte,
L'horrible tour sur lui ferme sa porte,
Je ne dis rien ; mon regard effrayé
Exprima seul l'excès de ma pitié.
Désespéré, mais sachant me contraindre,
J'étais le seul qui craignit de se plaindre.
Au trouble empreint sur mon œil éperdu,
Anselme en pleurs, dit : Mon père, qu'as-tu ?
A ce mot seul qui me vint percer l'âme,
Je crus sentir mes jours rompre leur trâme !
Et dans mon sein, ce jour et cette nuit,
Je renfermai l'horreur qui me poursuit.
Mais de leurs traits, au jour prêt à renaître,
Quand la pâleur commença de paraitre,
Ne pouvant plus soutenir ma douleur,
Je me mordis les mains avec fureur.
Sur tes enfants que ta faim soit calmée,
Me dirent-ils d'une voix alarmée :
Ils sentiront moins de peine et d'effroi !
Tiens, reprends-leur ce qu'ils tiennent de toi !
L'aveugle erreur que leur âme partage
Fit tout à coup tomber toute ma rage,
Et sans oser me livrer à son cours
Je laisse encore écouler ces deux jours.

Contre la faim, dès la quatrième aurore,
Anselme en vain cherche à lutter encore,
Et, de mon cœur justifiant l'effroi,
Tombe à mes pieds, me disant : Aide-moi !
Le jour suivant près de moi, sans se plaindre,
Ils vinrent tous succomber et s'éteindre.
Je livre alors mon cœur, longtemps contraint,
Au désespoir dont il était atteint.
Deux jours en proie au regret le plus tendre,
Je parle à ceux qui ne peuvent m'entendre,
Enfin, près d'eux la douleur et la faim
De mes malheurs vinrent hâter la fin.
Ah ! qu'en opprobre à toute l'Italie,
Pise à jamais de leur mort soit flétrie !
Que leur supplice et ses longues douleurs
Contre tes murs suscitent mes vengeurs !
Que de l'Arno.... la Gorgonne et Caprée,
Au sein des mers viennent fermer l'entrée,
Et qu'en ses flots, au sein de tes débris
Tous les Pisans restent ensevelis !
Il se rejette au sein du noir abîme,
Comme la foudre il fond sur sa victime,
Et je l'entends, du traître exclus du ciel,
Renouveler le supplice immortel.

LA FILLE DE SISTERON.

LA FILLE DE SISTERON.

Du fer de l'ennemi , de sa mortelle atteinte ,
J'avais , près du torrent , subi le coup fatal ;
La trace de mon sang dont son onde est empreinte ,
De son sein transparent profanait le cristal.

Je n'entends presque plus, sur leur bord solitaire ,
De ses flots déchaînés la fougue retentir ;
Du jour , qui par degrès s'éteint sur ma paupière ,
Je sentais pour jamais l'éclat s'évanouir.

Le vague sentiment qui m'enchaîne à la vie ,
Achevait avec lui de s'éteindre pour moi ;
Pour moi le jour perdait sa lumière chérie ,
L'existence son charme , et la mort son effroi.

Elle rompait déjà de sa main offensive,
Du tissu de mes jours le faible et dernier fil ;
Libre de ses liens, mon âme fugitive
Revolait vers le ciel des lieux de son exil.

Votre voix qui sur elle alors se fit entendre,
Enchaîna de son vol l'irrévocable essor,
Et je revis le jour renaître et redescendre
Sur mon regard couvert des ombres de la mort.

Déjà de votre main sur ma lèvre embrasée
L'eau du torrent chassait la nuit couvrant mes yeux ;
De mon sang dont déjà la source est épuisée,
Je sentais s'étancher le cours impétueux.

J'entendais pour mes jours, m'exprimant votre alarme,
Votre plaintive voix sur mon sort s'attendrir ;
Sur moi j'apercevais, empreint de plus de charme,
Le feu de vos regards de vos pleurs se couvrir.

Et vous dont la pitié sur moi daigne descendre,
A quel droit, à quel titre en puis-je être l'objet ?
Que puis-je, en ma faveur, vous offrir pour me rendre
Digne d'en recevoir un semblable bienfait ?

Ah ! je vous dois encor de sauver une mère
Des regrets dont ses jours se seraient abreuvés ;
Je vous dois... Vous encor, son ange tutélaire,
L'inconsolable deuil dont vous la préservez.

Déjà loin de ces monts, loin du pied de leur chaîne,
Le soleil dès longtemps dans l'onde évanoui,
Couvre le front glacé de leur cime hautaine
Des feux éblouissants qu'il verse encor sur lui.

Et du ciel, qui des nuits revet le sombre voile,
Vesper étincelant sur l'azur assombri,
Vous indique, à l'éclat tombant de son étoile,
La trace du sentier dans l'ombre enseveli.

Mais le front des sapins, de leur cime ondoyante,
Venait vous dérober son propice rayon,
Quand le souffle plaintif du vent qui les tourmente
Troublait seul de leur sein le silence profond.

Et tandis que des fleurs qui sèment son enceinte
Le parfum s'exhalait sous vos pieds délicats,
Et, mollement foulé de leur légère empreinte,
Marquait de son encens la trace de vos pas.

Sur les bords du torrent Philomèle encor veille
Et confie à la nuit le secret de ses feux !
Dans son ombre, où déjà tout s'efface et sommeille,
Éclatait de ses chants l'accent mélodieux.

Mais quel est donc pour moi... plus doux que l'existence,
Quel est ce sentiment qui m'entraîne et séduit?
Ah ! je le dois sans doute à ma reconnaissance ;
De vos bienfaits sans doute il est en moi le fruit.

De l'attrait méconnu dont j'éprouve l'empire,
Tout déjà, tout accroît le pouvoir séduisant;
A l'envi tout s'unit, à l'envi tout conspire
A m'en faire subir le suprême ascendant.

J'ai senti de mes jours la flamme évanouie
Sur mes regards éteints renaître à votre voix,
Et c'est vous-même encor, vous dont je tiens la vie,
Qui me rendez plus chers les jours que je vous dois.

Mais du ciel dont sa flamme a blanchi la barrière,
L'astre des nuits s'ouvrant le champ silencieux,
Du bandeau vaporeux offusquant sa lumière,
Dégageait dans son cours son front mystérieux.

Son éclat de leur sein perçant le noir ombrage,
Et de ces monts ternis embrassant l'horizon,
Couvre le sombre aspect de leur grâce sauvage
Du livide reflet de son pâle rayon.

Aux traits de sa clarté s'offrait à votre vue
L'étroit sillon empreint sur leur brusque versant,
Sur un gouffre sans fond sa trace suspendue
Nous ouvre à chaque pas son abîme effrayant.

De ces monts escarpés tournant le flanc rapide
En vous seule j'espère, en vous seule j'ai foi,
Et crois qu'il me suffit de vous avoir pour guide
Pour que le ciel encor daigne veiller sur moi.

Déjà de ce vallon s'ouvrait à nous l'enceinte
Où le torrent se calme et coule à flots plus lents ;
Déjà du sein des fleurs dont sa rive est empreinte
Le vent chassait sur nous le vaporeux encens.

Et troublant seul le calme où déjà tout sommeille,
Il me semblait encor prendre un charme plus doux,
Quand , chargé des parfums de ce vent qui s'éveille ,
Le souffle qui m'atteint avait passé sur vous.

A vos regards enfin commençait d'apparaître
Le toit que vous couvrait des monts le faîte altier ,
Et des murs fortunés où le ciel vous fit naître
S'ouvrait à votre voix le sein hospitalier.

Et vous dont la pitié me rendit l'existence,
Et d'une mère encor me conserva les jours ,
De ses jours et des miens visible providence ,
Ils ne doivent qu'à vous d'en prolonger le cours.

L'espoir de m'acquitter de ce bienfait suprème
A mes vœux impuissants ne peut être permis ,
Et d'un si grand bienfait ne cherchez qu'en lui-même
Son auguste salaire et son céleste prix.

DOMITIEN, TACITE ET MIRABEAU.

DOMITIEN, TACITE ET MIRABEAU.

Ut imperium evertant, libertatem
præferunt; cum everterint, ipsam
aggrediuntur.   TACITE.

TACITE.

C'est ainsi que de Rome, en vain s'en défendant,
L'univers subissait le suprême ascendant,
Et contre elle des rois la puissance fragile
N'était plus de son joug que l'instrument servile.

DOMITIEN.

Avec ce nom de roi, pour plus d'une raison,
Tu devrais en agir un peu moins sans façon.
Traite ainsi, j'y consens, tes rois de Comagène,
De Pergame, du Pont, de Chypre et de Cyrène,
Mais du Parthe, et pour cause, avec soin garde-toi
De traiter sur ce ton le formidable roi :

D'Antoine et de Crassus la fâcheuse aventure
Doit nous faire avec lui garder quelque mesure.
De Mithridate, enfin, d'un simple roi du Pont,
Rome a subi longtemps plus d'un mortel affront ;
Et pendant quarante ans vainement consumées,
Contre lui je la vois épuiser ses armées.
Eh ! dis-moi : si flottant sous des climats nouveaux,
Vers le Tybre Alexandre eût porté ses drapeaux ?
De Rome à leur aspect l'indépendance altière
Eût sans doute en silence amené sa bannière ;
Et que fût devenu son pouvoir souverain,
Si, par un de ses jeux ; si l'aveugle destin,
Lui soumettant d'Hannon l'infructueuse rage,
Eût assis Annibal au trône de Carthage ?
N'entends-tu pas encor, ne vois-tu déjà plus
Rome entière frémir au seul nom de Brennus ?
Enfin, malgré Brutus, et Coclès, et Clélie,
Sous ton joug, Porsenna ; sa fierté s'humilie,
Et voit, la mort dans l'âme, un roi de Clusium
La prendre et recevoir à composition !
Tant de leur liberté sous de fâcheux auspices
Aux Romains consternés s'offrirent les prémices !
Même au sein de Brutus le feu qu'elle a versé
Pouvait être plus pur et moins intéressé.
Si pendant quarante ans Brutus croit devoir feindre,
Brutus crut de Tarquin avoir beaucoup à craindre ;
Il l'a vu même un jour abattre de sa main
Les pavots dominant les fleurs de son jardin,

Et, sous le voile à jour de ce naïf emblème,
Du grand art de régner expliquer le problème.
Contre un Sénat toujours prêt à fondre sur lui,
Tarquin veut de son peuple être l'auguste appui ;
Il veut de son pouvoir sous le joug tutélaire
Enchaînant du Sénat la puissance arbitraire,
Conférer, au moyen de leur égalité,
A chacun des Romains sa part de liberté.
Mais cette égalité que Tarquin eut en vue,
Excitait de Brutus la fureur ingénue,
Tant pour la liberté dont il est affamé,
De cette égalité Brutus s'est alarmé !
Enfin, cet ennemi du pouvoir arbitraire
Chasse arbitrairement le consul son confrère,
Sous le glaive d'Aruns est lui-même abattu,
Et mourant, comme on voit, ainsi qu'il a vécu,
Il n'offre dans sa mort, ainsi que dans sa vie,
Rien qui puisse pour nous être un objet d'envie.
Conviens donc que Brutus, que ton Brutus en vain
Se fit de ses enfants le juge et l'assassin,
Et qu'avec son atroce et lâche barbarie
Il ne put se sauver ni sauver sa patrie.

TACITE.

De son illustre vie on ne peut supprimer
Ce qu'en elle, en effet, tout vient nous affirmer ;
Des matrones en deuil la voix plaintive et tendre
Exhala toutefois leur douleur sur sa cendre,

Et Brutus leur parut justement regretté
D'un peuple qui tenait de lui sa liberté.

DOMITIEN.

De cette liberté que Brutus a conquise,
Aux seuls patriciens la faveur fut acquise ,
Faveur dont je les vois contre tout plébéien
Déployer sans pitié la puissance sans frein.
Dès-lors de leur Brutus je m'explique la gloire ;
Je conçois ces honneurs rendus à sa mémoire ,
Et du sein éploré des matrones en deuil ,
Ces fleurs à pleines mains tombant sur son cercueil.
Quand du peuple j'écoute et je ne puis entendre
Le plus léger regret retentir sur sa cendre.
Je vois enfin le peuple en cette occasion
S'abstenant de s'unir à leur affliction ,
Alléguer en faveur de ce refus étrange
Qu'il ne peut sur Tarquin prendre à ce point le change,
Tant il est convaincu que tyrans pour tyrans,
Mieux vaut n'en avoir qu'un que d'en avoir cinq cents.

MIRABEAU.

Je ne puis , j'en conviens , je ne puis sans surprise
Voir Tacite tomber dans l'étrange méprise
Qui lui fait des Romains dater la liberté
Du jour où sous Brutus croula la royauté.
De liberté par lui si vainement titrée,
Sur sa foi je crus voir Rome régénérée ,

Dans son horreur des rois lancée à fond de train,
Sur leur trône installer son peuple souverain;
Le Sénat dépouillant sa pourpre héréditaire,
Tomber sous le niveau du joug égalitaire ;
Et pour mieux s'imposer ce niveau fraternel,
D'urgence décréter le vote universel.

DOMITIEN.

De ce vote sacré , seul vote incorruptible ,
Sous le boisseau fut mis le scrutin infaillible.
Et quand le peuple-roi voit de sa liberté
Faute d'un tel scrutin tout le charme avorté ,
De l'infaillible attrait de son auguste essence
Le Sénat subissant la suprême influence,
De son charme à tel point s'éprit et s'enivra ,
Qu'à lui seul sans réserve il se l'administra.

TACITE.

Eh ! qu'importe à l'État, qu'importe à sa puissance
L'infaillible ascendant , l'arbitraire influence
De cette liberté sans limite et sans frein
Qu'avec soin le Sénat concentra dans son sein !
De sa faveur sur lui , sur lui seul projetée ,
Rome en vain se plaindrait d'être deshéritée :
Sa concentration dans le sein du Sénat
Plus qu'on ne pense importe au salut de l'État.

Mirabeau.

Il importe pourtant , il importe , et pour cause ,
Que du peuple romain il ne fasse sa chose ,
Ce Sénat qui voudrait du nom de liberté
Du joug dont il l'étreint couvrir l'indignité.

Domitien.

Puisqu'à cette réplique, en droit de le confondre ,
Tacite vainement tâcherait de répondre.
Je vais donc , reprenant le fil de mon récit ,
Mettre à nu du Sénat le charitable esprit :
S'il faut finir la guerre ou s'il faut l'entreprendre,
C'est lui seul , en effet , qui pourra nous l'apprendre ;
Et de la gloire même épuisant les faveurs,
Du triomphe sur lui tombent tous les honneurs.
Juge et législateur , on voit qu'il s'émerveille
D'appliquer aujourd'hui la loi qu'il fit la veille ,
Et sous peine de mort d'enjoindre au plébéien
De n'oser s'allier au rang patricien ;
Enfin, lui seul encor préside aux sacrifices ,
Il interprète même à son gré les auspices ;
Et , placé dans ses mains , le pouvoir augural
Ceint d'un bandeau sacré son front sacerdotal.
C'est ainsi du pouvoir , ardente , impitoyable,
Qu'il en fait éclater la soif insatiable ,
Ce Sénat qui , la crosse et le sceptre à la main ,
Se fait pontife et roi du peuple souverain.

MIRABEAU.

C'est aller en besogne un· peu vite , et j'admire
Qu'à tant d'indignité le peuple ait pu souscrire ;
Mais dès-lors sous les coups du peuple souverain
Ne s'écroule donc plus le trône de Tarquin !
Au Sénat seul revient l'honneur de cette affaire ,
Puisque lui seul en touche et perçoit le salaire ;
Le salaire outrageant qu'il reçoit du délit ,
Nous révèle , en effet , celui qui le commit.
Oui ! de la liberté ce fervent néophyte ,
Du culte qu'il se rend n'est que le prosélyte !
Tant d'un Dieu que chacun prétend s'assujettir ,
Tout le monde est l'apôtre et nul n'est le martyr.
Tant de son vil encens, tant chacun fait outrage
A ce Dieu qne chacun veut faire à son image !
Ainsi de l'esclavage en brisant le lien ,
L'affranchi n'étant pas même encor plébéien ,
L'esclave , l'affranchi , le plébéien lui-même,
Tomberont du Sénat sous l'ascendant suprème ;
Enfin , ce peuple–roi diversement classé ,
Et comme au sein de l'Inde en castes distancé ,
Sous le joug d'un augure indignement s'incline ,
Comme le paria sous celui du bramine.
Dès lors, par le Sénat à son comble porté ,
L'esclavage est titré du nom de liberté.
Sous l'éclat d'un tel nom prétendant , et pour cause ,
Faire prendre aux Romains le change sur la chose ,

Et pour leur liberté son zèle édifiant,
Ne peut se comparer qu'au soin attendrissant
Du sauvage africain faisant dresser sa couche,
Et se mettant au lit lorsque sa femme acouche.

DOMITIEN.

J'en croirais quelque chose, et la comparaison,
A beaucoup près ici n'est pas hors de saison;
Rome a plus d'une fois, quoi qu'on en puisse dire,
Regretté de ses rois le tutélaire empire.
Son regard cherche en vain, sur leur trône abattu,
De son peuple opprimé le vengeur disparu;
Elle vit un esclave assis au rang suprême,
Honorer de ses rois l'auguste diadême,
Et s'indigne de voir trois cents patriciens
Rougir de s'allier au sang des plébéiens;
Du plus futile emploi prétendre les exclure,
Et sur eux chaque jour aggravant sans mesure
De leur oppression le joug avilissant,
Tourner contre eux des lois l'appareil menaçant.

MIRABEAU.

Qu'entends-je, juste ciel! Eh quoi! la tyrannie
Peut sur l'ordre légal être donc établie?
Sur la planche qu'il m'offre en sa fausse pitié,
Corps et biens je dois donc sur elle être noyé!
Corps et biens, qu'en dis-tu?

DOMITIEN.

Puisqu'il faut te l'apprendre,
C'est ce que je tâchais de te faire comprendre ;
De tes lois, en effet, l'incorruptible voix,
N'en doit guère à tout prendre au bon plaisir des rois.
De ce grand mot de loi presse et fond la substance,
Tu n'en pourras jamais exprimer qu'ordonnance ;
Et toujours arbitraire, et toujours absolu,
C'est le même pouvoir qui leur est dévolu.

MIRABEAU.

Mais s'il en est ainsi, de plus d'ignominie
Il faudra du Sénat flétrir la tyrannie,
Puisqu'il prétend, imbu d'un espoir effronté,
La couvrir et parer du nom de liberté !
Voilà donc ces vertus qui dans lui nous charmèrent !
Vertus que cent rhéteurs à la file encensèrent,
Et qui de leur éclat, si j'en crois leurs discours,
Du pouvoir du Sénat illustrèrent le cours.

TACITE.

Mais toujours et partout à grand bruit célébrées,
Elles doivent dès-lors nous être démontrées ;
Ainsi donc....

DOMITIEN.

Ce n'est pas ainsi que je l'entends,
Et je suppose encore, et crois même, et prétends

Qu'ici le convenu n'est pas le convenable,
Et que l'incontesté n'est que trop contestable;
Cette vertu d'ailleurs beaucoup trop peinte en beau
La vois-tu des Romains illustrer le berceau?
On a beau l'y chercher, on ne l'y trouve guère;
Et tu ne peux toi-même, imbu de sa chimère,
Sans pour elle éprouver quelque confusion,
Voir Rome procéder à sa fondation.
Il n'était femme alors qui toute honte a bue,
Qui ne fût dans ses murs en triomphe reçue;
Et dans leur droit d'asile était même compris
Avec le vagabond de justice repris,
Tout forçat de son bagne ayant rompu les chaînes,
Et qui de compte fait, pour prix de ses fredaines,
Et pour qu'à tout seigneur tout honneur fût rendu,
Aurait dû tout au moins vingt fois être pendu;
Je vois, enfin, je vois, pour comble de scandale,
Romulus et Rémus naître d'une vestale.

MIRABEAU.

Des filles de Vesta si la fragilité
Date d'une si haute et longue antiquité,
Je ne m'étonne plus que, d'âge en âge émise,
Cette façon d'agir leur soit si bien transmise.
Le soin du feu divin qui leur fut conféré,
Me semble entre leurs mains assez aventuré,
Et je pense et soutiens qu'on eût dû, pour bien faire,
En sous-œuvre reprendre un pareil monastère.

De sa règle, en effet, de licence entâchés,
Les statuts m'ont toujours paru trop relâchés.
Prêtresse de Vesta, j'en crois mes yeux à peine,
Te voyant du théâtre au front de l'avant-scène,
Soutenir d'un regard nullement révolté,
De ses drames impurs le spectacle effronté ;
Et quand de sang humain, quand le cirque regorge,
D'un revers de ta main commander qu'on égorge
Tous ces gladiateurs que d'un œil dédaigneux
Tu vois tomber sans grâce en ces horribles jeux.
Eh quoi ! c'était donc peu qu'à ce sexe fragile
Du vice on eût rendu la pente plus facile !
Faut-il encor, faut-il que tant de cruauté
Se produise en un cœur par le vice infecté ;
Mais c'est toujours ainsi qu'il deviendra féroce
Et qu'il doit de l'immonde arriver à l'atroce.
Sa magnanimité venant de sa candeur,
On voit donc à quoi tient ce qu'il a de grandeur.
Plus le vice est abject, plus encore étant vice,
De plus d'horreur encore il faut qu'on le flétrisse,
Puisqu'alors il contracte une férocité
Qui plus indigne encor rend son indignité.

TACITE.

J'ai peine à contenir l'excès de ma surprise,
Et d'admiration je sens mon âme éprise,
Quand je vois à quel point l'attrait du sens moral
De son charme a séduit ce rhéteur provençal.

La vertu dut, sans doute, en lui trouver son temple,
Tant il sut au précepte assimiler l'exemple !
De l'esprit de son temps l'essor licencieux
Sans doute n'a jamais trouvé grâce à ses yeux,
Et jamais on n'a vu sur une âme si pure
Jaillir d'un tel bourbier la moindre éclaboussure.

MIRABEAU.

Tu veux donc voir, charmé de t'en édifier,
En moi le sens moral se personnifier,
Et dégageant mes pas de ses tristes ornières,
M'ériger en Caton du siècle des lumières !
De ce siècle pourtant sur mon être orageux
Ne déteignit que trop l'esprit licencieux ;
Et de cette licence en moi si bien empreinte,
Je n'ai que trop subi l'inévitable atteinte ;
Beaucoup plus, en effet, entraîné que conduit,
De l'esprit de son temps l'homme est l'humble produit,
Et ne peut refléchir, tel qu'un miroir fragile,
Que l'objet qui déteint sur sa glace servile :
Ainsi, quand loin du vrai, quand mon siècle emporté
Détourna ses regards des traits de sa clarté,
De son trône divin l'ayant dépossédée,
La parole usurpa l'empire de l'idée.
Elle sut, nous cachant son charme radieux,
Sous un joug vague et faux la produire à nos yeux.
De ses illusions sans relâche harcelée,
On la vit sans réserve au sophisme immolée ;

De son expression sous la solennité
Croire le dépouiller de son absurdité.

Vain espoir ! sous le poids du destin qui l'opprime ,
Le sophisme est du temps l'infaillible victime ,
Et du futile éclat qui fut jeté sur lui ,
Je l'entends déplorer le charme évanoui :
Tant sur la vérité , de l'erreur qui l'ombrage
Le temps vient tôt ou tard dissiper le nuage !
Mais de l'égarement dont je fus enivré ,
Dans les eaux du Léthé je me suis délivré.

Oui ! du vrai lorsque en nous l'empreinte est effacée,
De la nuit de l'erreur sur notre âme abusée ,
Quand si longtemps le voile a pu se déployer ,
C'est apprendre beaucoup que beaucoup oublier.
C'est de mon siècle ainsi, sur sa futile base,
Que j'ai vu s'affaisser la ridicule emphase.
Siècle à l'esprit immonde , au génie efflanqué ,
Si moqueur et si digne en tout d'être moqué !
Stupidement souillé de son hideux cynisme,
J'ai pu voir même encor son vieux philosophisme,
Dégorgeant le trop plein de sa célébrité ,
Crouler de son berceau dans sa caducité.

TACITE.

Sur les bords du Léthé , puisque du Jeu de paume
L'héroïque tribun dépouilla le vieil homme ,
Des vestales dès-lors sur la corruption
Sans doute a dû tonner son indignation !

Plus d'une fois, sans doute, il aura dû se plaindre
De voir entre leurs mains le feu sacré s'éteindre,
Et taxer même encor notre gouvernement
De complice et fauteur de leur égarement.

DOMITIEN.

Oui, mon père et Titus, venant, de connivence,
Ne fomenter que trop cette indigne licence,
Des filles de Vesta le bercail fut titré
D'un nom bien outrageant pour un lieu si sacré ;
Enfin cet or, objet de son tendre caprice,
Quand mon père l'extrait de la moindre immondice,
Mon père eût dû, taxant leur dissolution,
Mettre chaque vestale à contribution ;
Et pour en exprimer jusqu'à la moindre obole,
S'adjugeant sans réserve un pareil monopole,
De la fragilité de l'ordre tout entier
Mon père eût encor dû s'établir le fermier ;
De Caton le censeur il pouvait, ce me semble,
S'étayer hautement du magnifique exemple !
Et pour lui, j'en conviens, je suis scandalisé
D'avoir pu décéder sans s'en être avisé.

MIRABEAU.

De ton père, en effet, l'exemplaire avarice
Ne pouvait faire choix de taxe mieux assise.
Mais toi, du peuple-roi pontife souverain,
A tant d'indignité tu mis sans doute un frein ?

DOMITIEN.

De plus d'une vestale, ou professe, ou novice,
Je dus faire et je fis bonne et prompte justice;
Et du sein du palais de ma nouvelle cour
J'ai chassé sans pitié, j'ai banni sans retour
Cent eunuques déchus du honteux privilége
De grossir de Titus le profane cortége.
C'est en vain que pour eux, conçu dans l'Orient,
Titus fit éclater son zèle édifiant;
Du ciel, où je l'ai mis, mon satrape de frère
Me verra les proscrire et défendre d'en faire;
Il verra que des dons qu'il versait chaque jour,
Sans mesure et sans choix sur les gens de sa cour,
Le scandale fut tel, que la seule journée
Qu'il dit avoir perdue fut la seule gagnée.

MIRABEAU.

De ses profusions, on ne sait trop pourquoi
Titus put faire et fit un aussi sot emploi,
Et laisser du Sénat l'effréné brigandage
Mettre ostensiblement l'univers au pillage.
Mais de son souverain n'étant plus protégé,
Quand l'univers par suite est à fond saccagé,
De sa cause contre eux embrassant la défense,
Tu vins de ses tyrans enchaîner la licence,
Et contre elle dès-lors soigneux de t'indigner,
Pénétrer le secret du grand art de régner;

Secret qui, pour toi seul dépouillant son mystère,
N'a pu jamais s'offrir sans nuage à ton frère.
On pourrait même encor trouver à la rigueur
Plus d'un reproche à faire à ton prédécesseur:
Il prit Jérusalem; mais la terre promise,
Quand Titus la conquit, était déjà conquise;
Et des Juifs, quand la nuit, hors de Jérusalem,
Fuyait l'inoffensif et famélique essaim,
Par ordre de Titus bientôt circonvenue,
Leur troupe est sans pitié sur des croix suspendue;
De cinq cents Juifs au moins par jour crucifiés,
Ses augustes regards veulent être égayés!
Je puis le voir encor, le voir dans Césarée,
De son cirque à longs traits, dans l'enceinte abhorrée,
Gorgeant de sang humain cent lions furieux,
En pâture à leur faim livrer six mille Hébreux.
Il faut du genre humain, pour charmer les délices,
Repaître ses regards des plus cruels supplices;
Et plus ils seront longs, plus ils seront affreux,
Plus encore ils seront sûrs de plaire à ses yeux.
De plus d'une souillure, étant chef du prétoire,
Il viendra même encore entacher sa mémoire;
Chaque jour il fera de ses méfaits nombreux
Défiler devant nous le cortége odieux;
C'est alors qu'on verra ses immondes orgies
Etre de sang humain indignement rougies;
Qu'il n'invitera même un consul à dîner
Que pour mieux, sous ses yeux, le faire assassiner;

Que sa jeunesse, enfin, de licence enivrée,
N'en fut que trop flétrie et trop déshonorée;
Et qu'on peut affirmer qu'en lui, plus qu'il ne faut,
Le sens moral ne fut que trop mis en défaut.

DOMITIEN.

Et toi, Tacite, et toi, que faut-il que je pense
De te voir à ce point déserter sa défense?
Toi qui sur tous les tons nous chantas ses vertus,
Et ses bienfaits sur nous sans nombre répandus :
De ses deux ans de règne, à nulle autre pareille,
Exalte-nous surtout l'imposante merveille.

MIRABEAU.

Mais Tibère et Néron, Claude et Caligula,
Peuvent s'attribuer cette merveille-là!
Néron même cinq ans, quinze ans même Tibère,
Ont fait bénir le cours de leur règne prospère.
Sur celui de Titus pourquoi donc revenir,
Quand chacun là-dessus sait à quoi s'en tenir?

DOMITIEN.

De Tacite pourtant le burin nous retrace
Et nous peint de Titus l'élégance et la grâce,
Son port majestueux....

TACITE,

                    Ton frère était trapu
Et replet même encore plus qu'il n'aurait fallu;

Replet donc et trapu, ton frère je t'assure,
D'un héros de roman n'eut jamais l'encolure.

MIRABEAU.

Bérénice dès-lors dut au fond de son cœur
Aimer en lui l'amant bien mois que l'empereur !
Tendre encore à l'extrême, on dit que cette reine
Ne fut jamais titrée en amour d'inhumaine,
Et qu'elle aurait pu, même indulgente à l'excès,
Compter comme Titus ses jours par ses bienfaits,
Attendu, si j'en crois des récits trop fidèles,
Qu'elle sortait d'un sang peu fecond en cruelles,
Et que les feux par elle à Titus inspirés
Sont loin d'être les seuls qu'elle aurait agréés.
L'esprit humain, d'ailleurs, ne s'intéresse guère
A l'amour d'un amant plus que quadragenaire ;
Et toujours, pour nous plaire, un pareil sentiment
Doit prendre soin d'éclore au cœur d'un jeune amant.

DOMITIEN.

De cette passion sur la flamme excentrique
Tombera de mes lois la vindicte énergique,
Et d'un égarement justement détesté,
Punira sans pitié l'abjecte indignité,
J'ai flétri, j'ai proscrit l'odieuse infamie,
D'un amour qui, drapant sa vile ignominie
D'un nom que tant de fois elle a deshonoré,
D'amour philosophique en effet fut titré ;

J'ai su , me dépouillant d'une indigne indulgence,
De tout crime en son germe étouffer la naissance ;
Et d'avance dès lors conjurer les travers
De tous ceux que j'emploie à régir l'univers.
De ma clémence ainsi , de sa propice orbite
Ma justice inflexible étendait la limite,
Et les crimes divers qu'elle sut prévenir ,
M'épargnaient le tourment d'avoir à les punir.

MIRABEAU.

Ce n'est pas tout, j'admire encore et je m'étonne ,
D'entendre en ta faveur la voix de Suétone,
M'apprendre que tous ceux qu'à des titres divers
Tu chargeas sous tes lois de régir l'Univers ,
Qui tant que tu vécus furent irréprochables ,
Seront après ta mort vingt fois au moins pendables ;
Et qu'enfin l'Univers , avant comme après toi ,
N'a joui du bonheur qu'il goûta sous ta loi.

DOMITIEN.

Sans égard , toutefois , pour un si bel éloge ,
Il m'inscrit des tyrans dans son martyrologe ;
Tacite même , encor prompt à se démentir,
Voudra maudire en vain ce qu'il vient de bénir ,
Et plus on le relit , plus il faut qu'on admire
Que soi-même on se puisse à ce point contredire.

TACITE.

Qui , moi , me démentir !

DOMITIEN.

Et même tant de fois ,.
Que je n'éprouve ici que l'embarras du choix.
Ne m'apprends-tu donc pas que, gorgé de pillage,,
Ton Sénat à tel point porta son brigandage ,
Que du poids de ses fers, que vingt peuples meurtris
Des Césars pour leurs rois prendront les affranchis.
Sur ces rois, abusant de leur pouvoir suprême,
On pourra des Césars invoquer l'anathème ,
On pourra les punir ; mais tout proconsulat
Sera sûr de trouver grâce au sein du Sénat ;
Aucun d'eux à punir ne pouvant se résoudre ,
Pour soi-même être absous s'empressera d'absoudre :
Tant le crime , à raison de son impunité ,
Établissait entre eux de solidarité ,
Et tant ces sénateurs dépeints dans ton histoire ,
Sauront s'entendre entre eux comme larrons en foire !
En faveur du Sénat sans doute on égorga
César , Domitien , Néron , Caligula ;
Mais Rome de leur mort , Rome désespérée ,
Rome ardente à venger cette mort abhorrée ,
Massacra , n'épargnant nul de leurs assassins ,
Tous ceux qui dans leur sang avaient trempé leurs mains:
Tant cette liberté dont ton âme est charmée

Indignait des Romains et le peuple et l'armée !
Tant de son culte épris ton zèle en vain s'émeut
Pour une liberté dont personne ne veut.

TACITE.

Contre elle , de l'essor de cette aveugle haine
Le mystère ingénu se pénètre sans peine ;
On doit voir, en effet, et voir de droit divin
Jaillir de la vertu l'Etat républicain ;
Et de plus, même encore , et par suite infaillible .
Ne voyant qu'en lui seul de liberté possible ,
En conclure dès-lors que pour la liberté
Hors la vertu n'est plus de possibilité.
Ainsi, quand j'évoquais de sa tombe héroïque
L'antique liberté de Rome en république,
Je l'évoquais en vain , vu que de sa vertu
Son peuple était alors complètement déchu.

MIRABEAU.

Ainsi tu ne conçois , tu ne tiens pour certaine
Et n'admets de vertu que la républicaine ;
En sa faveur pourtant de ta prévention
Je ne puis adopter la vaine illusion ;
Et quand cette vertu, sans retour dépouillée
De la gloire à grand bruit sur elle déployée ,
Du dernier des Tarquins au premier des Césars
Viendra telle qu'elle est s'offrir à nos regards?

A son juste niveau tu verras se réduire
La tendre passion que son charme t'inspire ,
Et préviens-la surtout qu'en recevant son dû
Elle ne perdra rien pour avoir attendu.

TABLE.

MONTAUBAN,
Forestié Neveu et Comp.
PLACE DE L'HORLOGE.